LE ROI DE MKUMIEY E THE ICE KING

Texte en français de **Corinne Gallant**
Kisi-Mi'kmaw wi'kek **Serena M. Sock**
English version by **Allison Mitcham**
Illustrations de **Naomi Mitcham**

BOUTON D'OR ACADIE

Il y a bien longtemps, sur les bords d'une large rivière, prospérait un grand village mi'kmaq. Mais lors d'un hiver particulièrement rigoureux, presque tous les habitants périrent. Seul un très petit nombre d'entre eux survécurent de peine et de misère.

Ne'wtekk na eteksepnekk meski'kekk l'nue'katiekk kikjiw ta'n etlmaqiske'k sipu aqq etli-wlo'ltimkess. Toqosep, na ne'wt tetuji-mtuipuk na suel mset wen siktejit. Pasek telkle'jipnikk saputawsultipnikk.

Once upon a time a large Indian town flourished beside a wide river. Then, one very cold winter, nearly all the inhabitants died. Only a few survived.

Le printemps arriva enfin, apportant le temps plus clément. La neige se mit à fondre et la glace des lacs et des rivières lâcha prise. Tout se mit à couler vers l'aval, sauf… un ÉNORME bloc de glace. Il resta coincé dans une impasse sur la rivière, refroidissant l'air sur une grande distance autour de lui. Même le soleil n'arrivait pas à le faire fondre.

Klapis, siwkw ika'q, kaqi-nujkma'q wastew, aqq kaqi-paska'lukwek mkumi qospemiktuk aqq sipuiktuk aqq kaqi-nisto'kwek, pasek newte'jk eto'qi-pase'k mkumi eskwiaq. Nasa'lukwek aqq amjimoqtesk na'taqam-tuk, kaqi-newa'tekek. Pana mu na'ku'set kisi-nujkmoqsmukw.

When at last spring came, the snow melted and ice from the lakes and rivers broke up and floated downstream – except for one HUGE ice-cake. It lodged on a snag some distance from the riverbank and stayed there, cooling the air nearby. The sun seemed unable to melt it.

Un Mi'kmaq fort et courageux décida de se débarrasser de cet immense bloc de glace. Armé d'un énorme pic, il attaqua hardiment le monstre et, tout en piochant, il le narguait en disant :

—Viens, fais de ton mieux et gèle-moi encore si tu le peux…

À chaque coup de pioche, des morceaux de glace tombaient dans l'eau et étaient entraînés dans le courant.

Na melkiknat aqq munsa't L'nu na kisita'sit jikla'tunew na mkumi. Wenaqa'toq meski'k aqq keskulk kmu'j aqq matte'k na meski'k mkumi.

Te's taqtek, na se'skwet :

"Juku'wetesk app peji-kljikimitesk."

Wunjaqa na ekwijiaql aqq ejiklto'qwekl mkumi'l.

A strong, determined Indian decided to get rid of the immense block of ice. Picking up a thick and heavy stick, he attacked the ice monster. As he pounded on it, he shouted a challenge:

"Come on, do your worst, freeze me again if you can."

Little by little, as pieces of ice fell into the water, they were swept away by the current.

Une fois le bloc de glace complètement disparu, le Mi'kmaq s'écria :
— Voilà ! Va-t'en et ne reviens jamais.
— Merci, répondit le Roi de glace. Tu m'as rendu un grand service, mais méfie-toi : je reviendrai te visiter l'hiver prochain.

"Na!" pe'sklamit wla L'nu ta'n tujiw kaqi-jiklto'kwe'k mkumiekk, "Jikla'si aqq mukk app apaja'siw."
"Wela'lin", teluet Mkumiey Eleke'wit. "Sikte-wla'lin na nike', pasna an-ko'te'n, app peji-nmu'ltes wejkwi-punqek."

"There!" exclaimed the Indian when all of the ice-cake was gone, "Off you go and never come back."
"Thank you," replied the Ice King. "You have done me a great favor, but watch out, I'll pay you another visit next winter."

Le Mi'kmaq travailla tout l'été puis, à l'approche de l'automne, il se rappela la menace du Roi de glace. Prenant son avertissement au sérieux, il résolut de se préparer pour les grands froids. Il commença par monter son wigwam près de la forêt et de l'eau, puis il coupa de vieux arbres secs et fendit le bois pour se chauffer. Il fit des réserves d'huile pour faire brûler le bois, au cas où il en aurait besoin, et se procura de bons vêtements chauds d'hiver.

Wla L'nu na sankew-lukwet ta'n teli-pkiji-nipk, pasna ta'n tujiw toqwa'q wejkwi-putek na mikuite'lematl Mkumie'l Eleke'wilitl ta'n telimtepnn. Na amskwesewey, na wikuo'm eltoq kikjiw nipuktuk aqq samqwaniktuk. Kiskaja'-toql pukwelkl piwsaqte'knn, toqosep temta'ji sa'qewe'k aqq kispa-sultiliji kmu'jk, aqq temte'kl ta'n wel-pittaql puksukl ujit puktew. L'miaq koqoey am-sela'sik, na maskwa'toq palapi'n me' na kisi-saqsikwa'ttew puktew. Mawi-utte'jkewey ta'n koqowey kiskaja'toq na kisue'k wtapsun.

The Indian worked steadily all summer but, as autumn approached, he remembered the Ice King's threat. Realizing that the warning was serious, he resolved to be prepared for bad weather. First of all, he built a wigwam near wood and water. Then he laid in a good supply of kindling, after which he cut down old, dry trees and chopped the firewood into lengths convenient for burning. For emergencies he stashed away a supply of oil as a fire starter. Finally, he fitted himself out with warm winter clothing.

À l'arrivée de l'hiver, le Roi de glace revint comme promis. Sa présence se fit sentir dans tout le pays : il gela les lacs et les rivières et couvrit la terre de neige. Le temps devint de plus en plus froid. Un jour, le Roi de glace entra en coup de vent dans le wigwam et vint s'asseoir en face du Mi'kmaq.

Ta'n tujiw kesik ika'q na wiaqiw-pkisink Mkumiey Eleke'wit. Kaqikjiju't ta'n teliknat tela'tekek kaqi-kljistoql qospeml aqq sipu'l, aqq kaqiwas-tewa'toq maqamikew. Na poqji-tke'k aqq me' pemi-tke'k, klapis na new-tikiskekekk na melkita'sit wla Mkumiey Eleke'wit aqq piskwa't wikuo'mik-tuk aqq astu'kopa'sualatl L'nu'l.

With winter's arrival the Ice King returned. His power was felt through-out the land, freezing the lakes and rivers, covering the ground with snow. The weather grew colder and colder until one day the Ice King strode boldly into the wigwam and sat down facing the Indian.

Le corps et l'haleine du Roi de glace étaient si froids qu'ils éteignirent presque le feu et gelèrent le Mi'kmaq jusqu'aux os. Pour se réchauffer, celui-ci tenta de raviver le feu en y jetant de l'huile.

Tetuji-tkit aqq tekik ta'n weji-kamlamit wla Mkumiey Eleke'wit, je suel puktew naqasuesk aqq saputi-kljit L'nu. We'kaw kisi-apua'lsijj na amujpa nuksaqte'k puktew aqq piji-kuta'toq palapi'n.

Because the Ice King's body and breath were so cold, the fire almost went out, and the Indian felt chilled to the bone. To warm himself, he rekindled the fire, pouring on oil so that it flared up.

Lorsque le feu fut bien pris, le Mi'kmaq sentit ses forces revenir. Par contre, devant le feu embrasé et pétillant, le Roi de glace fut obligé de reculer de plus en plus jusqu'à ce que son dos soit collé contre le mur. Il ne pouvait plus reculer.

We'kaw kaqi-apaji-wlamkelek puktew na me' melkita'sit L'nu. Pasna ta'n pem-tli-ksikawamkelek puktew na Mkumiey Eleke'wit na poqjisate-kopa'sit we'kaw patui-kopa'sijj wikuo'miktuk aqq mu nuku' kisisateko-pa'sikw.

Once the fire was ablaze, the Indian felt stronger. But as the fire roared and cracked, the Ice King retreated until his back was against the side of the wigwam and he could withdraw no further.

Alors, il se mit à transpirer. À mesure que la chaleur le gagnait, sa sueur coulait de plus en plus et il rapetissait à vue d'oeil en s'affaiblissant. À la fin, il cria à l'aide.

— Mon ami, dit-il, vous avez gagné. Maintenant, laissez-moi partir.

Na poqji-tkniet. Ta'n tel-pm-siktoqsijj na samqwan nisijuik aqq poqjima-liknat. Klapis etawaqtemasit apoqnmatimk.

"Nitap", teluet. "Kespu'tuinekk. Nike' iknmui maja'sin."

Then he began to sweat. As he became hotter, the water poured off him so that he grew smaller and weaker. Finally, he begged for help.

"My friend," he said, "you have won a victory. Now, please let me go."

Le Mi'kmaq se leva et, avec le tisonnier, écarta les bûches enflammées afin de permettre au Roi de glace de partir. En sortant, celui-ci se retourna et dit :

— Mon ami, vous m'avez vaincu deux fois de suite. Désormais, vous serez mon maître pour toujours.

Na kaqama'sit L'nu, wesua'toq nu'se'kn aqq ejiklikwatkl puktewikl puksukl me' na kisi-maja'silital Mkumie'l Eleke'wilitl. Ta'n tujiw pemmaja'sijj na teluet Mkumiey Eleke'wit:

"Nitap, ta'pu kespu'tuin soqiw. Nike' ki'l iapjiw alsumitesk."

The Indian stood up, took up the poker and shoved the burning logs aside so that the Ice King could leave. As he departed, the Ice King said:

"My friend, you have beaten me twice in a row: now you'll be my master forever."

À partir de ce jour, le Mi'kmaq n'a plus jamais souffert des grands froids. Grâce aux précautions dont il s'entourait, il lui semblait jouir de l'été à l'année longue. Avec un bon feu dans son wigwam en hiver, il n'avait besoin ni de tuque, ni de mitaines, ni de mocassins.

Weja'tekemkekk, na mu kitnemeyakukw L'nu tkey. Ujit ta'n tel-kiskaja'-lsipp, na telo'tk stike' to'q ne'kaw nipk. Ta'n tujiw kesik na puktew etle'k wikuo'mk, na mu nuta'qw a'kusn, kisna pijjaqnk, kisna wmuksnk.

After this, the Indian had no trouble with the cold. With the precautions he had taken, it seemed to him like summer year round. Because of the fire in his wigwam in winter he needed neither cap, nor mittens, nor moccasins.

Le Roi de glace
Texte en français de Corinne Gallant
Tous droits réservés pour tous les pays

Mkumiey Eleke'wit
Kisi-Mi'kmaw wi'kek Serena M. Sock
Weli ankosasik ta'n teli-alsutmek wla mset mawio'mi'l

The Ice King
English version by Allison Mitcham
All rights reserved for all countries

Illustrations : Naomi Mitcham
Conception graphique : Lisa Lévesque
Direction littéraire : Marie Cadieux
Collection Wabanaki : un projet original de
                Marguerite Maillet

ISBN : 978-2-923518-64-0
Dépôt légal : 4e trimestre 2012
Bibliothèque et Archives Canada
Bibliothèque et Archives nationales du Québec

Réimpression : 1er trimestre 2016
Impression : Marquis
Distribué par Prologue

© Bouton d'or Acadie inc.
Case postale 575
Moncton (N.-B.), E1C 8L9, Canada
Téléphone : (506) 382-1367
Télécopieur : (506) 854-7577
Courriel : boutondoracadie@nb.aibn.com
Web : www.boutondoracadie.com

Pour ses activités d'édition,
Bouton d'or Acadie reconnaît l'aide financière de :

Canada | New Brunswick / Nouveau-Brunswick CANADA | Conseil des arts du Canada / Canada Council for the Arts

Un livre créé en Acadie - Imprimé au Canada

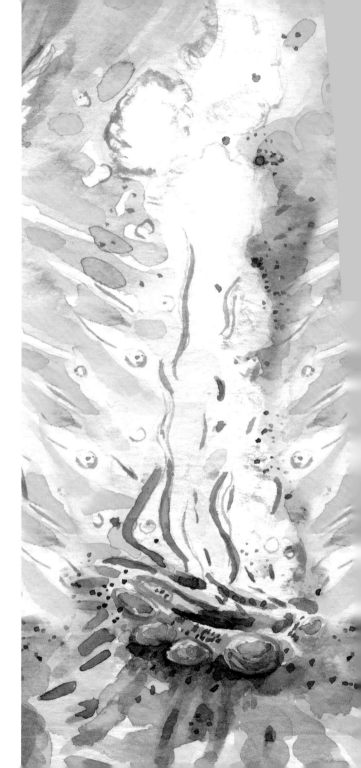